KB061240

아프면 아픈 대로

서툴면 서툰 대로

지금 내 마음대로

어차피
내 마음
입니다

서늘한여름밤
그리고 쓰다

위즈덤하우스

혼자가
아니야

어쩌다 그림을 그리기 시작했냐는 질문을 많이 들었다.

스물여덟의 봄, 나는 첫 직장을 고작 3개월 다니고 예정에 없던 퇴사를 했다.

홀로 집에 있는 낮 시간은 이상했다.

사람들은 다들 바빴고, 일을 많이 하고, 돈을 벌었다.

지금까지는 주변에 비슷한 사람들이 있어서 힘들어도 무섭지는 않았다.

하지만 다른 사람들과 다른 길에 있다는 느낌은 여러모로 떨렸다.

나 같은 사람들을 찾고 싶었지만 아무리 검색을 해도 나오지 않았고

책은 이미 성공한 사람들의 이야기밖에 없었다.

길고 긴 백수의 낮을 보내기 위해 그림을 그렸다.

어두운 우주에 혼자 둥둥 떠 있는 기분이 들 때

내가 하는 이야기가

나와 비슷한 처지의 누군가에게 용기와 위로가 되기를 바라며.

그래서 길을 잃은 당신이

적어도 외롭지 않기를 바라는 마음으로.

╋

혼자 다른 길을 걷고 있다고 생각하는 당신이 이 글을 본다면,
혼자가 아니라고 말해주고 싶다.
힘내라는 말보다는 만나서 차 한잔하자고 말하고 싶다.

야
아직
안 망했다

느끼다, 여기에서 나답게

자란다, 잘하고 있으니까

버리다, 찾기 위해

#01

그만둔 거
아깝지
않았어?

어렵게 들어간 직장을 그만두고 이런 질문을 많이 받았다.

포기한 것이 많은 건 사실이다.

하지만 그걸 얻기까지의 과정을 버티고 싶지 않았고

다 버티고 나면 내가 변할 것 같았다.

내가 싫어하는 방향으로.

그렇게 버티다가 잃고 싶지 않은 것들을 잃지는 않을까 두려웠다.

그리고 동의하지 않는 것에 동의하지 않겠다는
나의 가치를 지키지 못할 것 같았다.

아무리 동의하지 않는다고 해도

그냥 그 상태로 가만히 있는 건 동의의 일종이라고 생각한다.

사실은 동의하지 않은 것이라고 정신승리하며 살고 싶지 않았다.

그런 이유가 남들에게 이상하게 들릴 수 있지만

나는 납득이 가는걸.

물론 내가 지금 옳다고 믿는 게 바뀔 수도 있다.

하지만 아직 바뀌지 않았다.

사람들은 내가 그만두며 지불한 비용밖에 못 보지만

나는 그 비용을 지불하고 얻은 대가를 매일 누리며 산다.

그래서 별로 아까운 건 없었다는 이야기.

#02

지금의
마시멜로를
맛볼 거야

1960년대 후반 스탠퍼드대학교에서 실시한 '마시멜로 실험.'

아이들에게 눈앞에 있는 마시멜로를 안 먹고 참으면

나중에 두 개의 마시멜로를 주겠다고 했던 실험.

두 개의 마시멜로를 위해 지금 당장은 꾹 참은 아이들이
훗날 더 성공했다는 아름다운 교훈을 주어 유명해진 실험이다.

나는 마시멜로를 참는 사람이었다.

하지만 아무리 참아도

인생에서는 마시멜로를 먹어도 된다고 말해주는 사람이 없었다.

궁금했다. 성공한 그 사람들은 즐거웠을까?

그래서 나는 사람들과 나 자신의 걱정을 뒤로한 채

내 인생의 마시멜로를 먹어보기로 했다.

나의 마시멜로는 달고 시고 씁쓸했지만

나는 즐거웠다.

이제 나를 기다리는 마시멜로는 없다.

사실 처음부터 그런 게 있기나 했을까?

나는 지금 나에게 주어진 마시멜로를 더 맛있게 먹을 거야.

너를 처음 만났을 때 나는
정서적으로 내 인생의 최저점이었다.

나는 진짜 만신창이였다.

너는 나를 좋아했지만 나는 아니었다.

하지만 상관없었다. 나는 그때 누구라도 간절히 필요했다.

너와 처음 사귈 때 내가 안하무인이었다는 걸 인정한다.

너는 내가 울면 같이 울먹이고

나를 웃게 해주려고 했다.

춤도 춰주고   도시락도 싸주고   엄청 예뻐함

너를 만나기 전, 나는 관계란 기브앤드테이크라고 생각했다.

나는 너 조금밖에
안 사랑해

그런데 네 생각은 달랐다.

괜찮아
우리 둘이 합치면
엄청 사랑하는거니까

사귀면서 나는 너에게 많은 것을 주지 못했는데

너는 많이 받았다고 했다.

네 옆에 있으면서 느꼈다. 사람을 바꾸는 건 사랑이라는 걸.

너는 내가 몰랐던 나의 좋은 점들을 알려줬다.

사랑받으려면 어떠한 모습을 갖춰야 한다고 생각했었다.

나는 이도 저도 아니었는데

그런데 너는 나를 사랑했다.

내가 어떤 모습이라도 항상 사랑한다는 걸 알게 되었다.

그래서 나는 더 이상 어떤 모습이 되려고 하는 걸 그만뒀다.

네가 듬뿍듬뿍 주는 사랑을 받으며

나는 조금씩 자라고 있는 중이다!

#04

**상처는
사람을 강하게
만들지 않는다**

기억에 남는 두 교수님이 있다.

한 분이 이런 분이었다면

다른 분은 이런 느낌이었다.

한 분은 바깥세상은 혹독하니 여기서 먼저 훈련해야 한다고 말씀하셨다.

그 교수님은 제자들이 강하게 크기를 바라셨다.

하지만 힘들 때 나를 강하게 만들어준 것은
인정과 칭찬을 받은 기억이었다.

칭찬은 사람을 약하게 하고,

칭찬해줌 = 오냐오냐 ⇒ 약해빠짐

지금까지
칭찬만 받아와서
여기 잘 견딜지
모르겠네 ~

상처는 사람을 강하게 한다고 생각하는 문화가 있는 것 같다.

존중하지 않고 함부로 대함 = 강하게 키움 = 살아남음

다 너 잘되라고
그러는거야

아이고 X나
감사하네

이런 논리는 윗사람이 아랫사람을 함부로 대하는 걸 합리화시켜 버린다.

여기서는
혼 많이
날거야~

항하~

사회생활이
다 그래~

ㅋ

그리고 그걸 버티지 못하고 빠져나온 사람을
'약해빠졌다'고 비난하게 만든다.

조개는 상처를 통해 영롱한 진주를 만든다지만

그 영롱한 진주로 즐거움을 얻는 건 조개 자신이 아니다.

조개한테 진주 생겨서 좋냐고 물어봐라. 퍽도 좋아하겠다.

누군가 상처를 통해 배운다 하더라도,
상처를 주는 행위가 옹호되어서는 안 된다.

반복적으로 생채기가 났던 부분은
시간이 흘러 아물어도 그 부분의 감각은 둔해지게 된다.

마음도 계속 상처받다 보면 둔해지는 게 아닐까?

만약 그런 마음을 강하다고 한다면 나는 약한 채로 살고 싶다.

그리고 불필요한 공격들로부터 나를 지키며 살 거다.

누군가 상처가 너를 강하게 해줄 거라 한다면 이렇게 말해줄 거야.

네~ 본인이나 많이 챙기으세요~

+

누구도 상처를 통해 강해지지 않는다.
상처를 통해 강해지라고 하는 말은 대부분 그 상처에 무뎌지라는 뜻이다.
무뎌진 사람들은 상처받는 환경 속에서 벗어나지 못한다.
그리고 또다시 다른 사람에게 상처를 준다.
무뎌지는 것은 강해지는 것이 아니다.

나를 진짜 강하게 만들어줬던 것은
언제나 다정하고 따뜻했던 말들이다.
힘들 때 나를 지켜줬던 것은
욕먹었던 기억이 아니라 칭찬받았던 기억이다.

그래서 나는 상처받고 싶지 않다.
마음속에 진주 같은 건 품고 싶지 않다.
늘 말랑말랑하고 예민한 마음인 채로 살고 싶다.

상담을 신청하던 날 나는 퇴사하기 직전이었고
정신적으로 상처받은 상태였다.

엄청나게 화가 났다가

나를 탓했다가

근거 없는 용기가 샘솟았다가

내가 미쳤나 싶었다.

아무도 만나고 싶지 않았다.
나를 비난하거나 이해하지 못할 것 같았다.

먹는 것도, 자는 것도 힘들어졌다.

도와달라고 무전을 치는 마음으로 상담을 신청했다.

다행히 상담 선생님은 푸근한 느낌을 주는 사람이었다.

상담을 받으며 확실해졌다.

넘어지고 아픈 것이

꼭 내 잘못은 아니라는 것을.

아프고 힘들었던 게 내가 나약해서가 아니라는 걸.

그리고 내가 원래 괜찮은 사람이었다는 걸 다시 기억할 수 있었다.

상담을 받으며 내가 뭔가 달라진 건 아니다.

괜찮은 나를 확인하고

확인받은 것뿐이다.

그 별것 아닌 게 나에게는 꼭 필요했었다.

#06

가끔

나 혼자

뒤처져

있을까 봐

두려워

어느 날, 나는 내 삶의 전력 질주를 멈췄다.

천천히 살며 내가 좋아하는 걸 찾아보고 재미있는 것들을 해보기로 했다.

천천히 살면서 쿨하고 행복하고 만족스러운 모습만 보이고 싶은데,
아닐 때가 많다.

나는 정해진 길을 빨리 가는 대신 가고 싶은 길을 찾으려 멈춰 있다.

천천히 산다는 건, 특히 내 나이에 천천히 산다는 건
멀어지는 다른 친구들을 바라보는 걸 견뎌야 하는 일이다.

친한 친구들은 전문가가 되기 위한 공부를 하고 있다.

나는 언젠가 동기들과 함께 전문가가 될 거라고 막연히 생각했다.

항상 비슷한 얘기를 했었는데

이제는 종종 대화에 참여하기가 어렵다.

그런 날 집에 돌아오는 길이면 복잡한 기분이 든다.

소외감이 열등감이 되지 않도록 신경 써야 한다.

친구들이 전문가가 되었을 때 나는 그때도 지금 이 모습일까 봐 두렵다.

그렇다고 남들한테 뭔가를 보여주겠다고 이를 갈며 살고 싶지도 않다.

더 중요한 것을 위해서 덜 중요한 것들을 놓아야 할 때도 있다.

놓아야 했던 것들 중에는 가끔 내가 아주 좋아했던 것들도 있다.

그런 아쉬운 것들의 빈자리는 아주 천천히 사라진다.

완전히 다 사라지기 전까지 나는 종종 서글플지도 모르겠다.

+

나는 임상심리 전문가가 되는 것과
빠르게 사는 것,
두 가지를 포기했다.

그게 무엇인지도 모르지만,
더 중요한 것을 찾아보려고.

그러나 때로는 나 혼자 멈춰 있는 건 아닌지 무서울 때가 있다.
친구들은 저만치 앞에 있는데
혼자 남겨질 불안함을 인내해야 하는 밤이 있다.

#07

My bitter
....
sweet
....
mother
....

엄마는 굉장히 독특한 사람이다.

← 대부분 심각한 얼굴

← 쇼핑, 블로그, 동영상 사랑주

← 고양이 사랑함

뭐라고 한마디로 표현이 안 된다.

- S 여대 졸업
- 장래희망 없었음
- 마음 수련 하겠다며
  단전호흡 다니기 시작
- S인을 표방하나
  실상은 일반인 미만

"딸을 사랑하는 이유는
 내 에고의 확장이기 때문"

"오는 것은 결국 분함의 시작"

등 다수의 주옥같은 어록 보유

내가 혹시 남들과 다른 점이 있다면

학교에서
선생님이 이렇게
말씀하셨는데...

선생님이라고
다 맞는 거 아냐
너 스스로 답을
찾아야지
엉뚱히 틀릴 수 있어

아마 이런 엄마 밑에서 자라서인 듯하다.

성취에는 엄격했고

실패에는 관대했다.

엄마는 아이를 낳았을 때, 마음보다는 머리로 기르려 했다.

그러다 보니 이상한 점들이 많았다.

엄마는 아마 자식이 아닌 독립된 한 인간이
태어나기를 기대했는지도 모른다.

하지만 나는 어렸고, 독립된 인간이 아니라 사랑받는 자식이고 싶었다.

자식을 사랑하는 게 단지 머리로 되는 일은 아니라는 걸
엄마도 머리로는 알았을 것이다.

서로 잘해주니까 사랑하는 게 아니라 사랑하기 때문에
서로 잘해주는 거라는 건, 아마 머리만으로는 알 수 없었나 보다.

엄마는 관계란 '기브앤테이크'라며 부모 자식 간에도 공짜는 없다고 누누이 말했다.

하지만 사랑은 주고 싶어서 주는 것이지,
받은 만큼 돌려줘야 하는 거래가 아니다.

그리고 만약 그런 거래였다면 엄마 쪽이 갚을 게 더 많을지도.

엄마가 그림 그려줬어!
엄마는 그림도 완전 잘 그려!
이거 내 평생보물!

엄마랑 와서 좋다
엄마 빨리
돌아오면 좋겠다

엄마와의 관계는 어렵다.

너무 가까이하기에는 겁이 나고

냉정함
무신경
무관심
막말

아주 멀리하기에는 사랑하는

My Bitter Sweet Love

어릴 때는 칭찬을 받으면 마냥 좋았다.

그런데 이제는 칭찬을 받아도 마냥 기쁘지만은 않다.

칭찬을 들으면 상대의 기대를 만족시켜줘야 할 것 같은 부담이 생긴다.

원래 나를 싫어하는 사람에게 욕을 듣는 것보다

나를 좋아하는 사람이 실망하는 모습을 보는 게 더 큰 고통이다.

모범생으로 살아왔던 사람을

길들이기 제일 좋은 방법은 칭찬일지도 모른다.

내 뜻대로 살아간다는 건

결국 누군가의 기대는 저버릴 수밖에 없다는 뜻이다.

기대를 저버리는 건 마음 불편한 일이지만

그렇다고 맞춰줄 수만은 없으니까.

어쩌면 내 마음보다 다른 누군가의 마음에 드는 게
더 쉬운 일인지도 모른다.

하지만 그 누군가의 마음에 들지 않는 나머지 내 모습은 어떻게 하지?

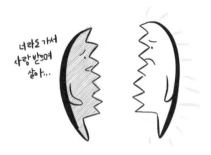

내 모습을 나 스스로 외면하며 남들에게 칭찬받기보다는
차라리 남들에게 내 모습 전부를 외면받고 싶다.

칭찬은 고래도 춤추게 할 정도라

나는 내가 춤추는 고래가 될까 봐 경계하게 되었다.

칭찬받고 춤추는 고래보다 자유롭게 헤엄치는 고래가 나을 테니까.

+

욕을 하는 것보다 칭찬하는 게
사람을 조종하는 더 강력한 방법이라는 것을
직접 목격하고 체험한 적이 있다.
나를 나답게 만들어주는 칭찬은 여전히 기쁘지만,
나를 나답지 않게 만드는 칭찬은 경계하게 되었다.

부정적인 마음들은 일단 외면하게 된다.

결국 그 마음에 압도당할 때에야 겨우 그 마음을 보게 된다.

어제가 그런 날이었다. 외면할 수 없는 날.

옷장 서랍을 다 뒤엎고 알았다. 내가 힘들다는 걸.

옷을 다시 차곡차곡 정리하면서 내가 왜 이럴까 생각했다.

나는 힘들면 항상 내가 왜 그런지 이해하려고 했다.

힘들 만한 이유는 많았지만, 또 그렇게 힘들 만한 건 없기도 했다.

그럴 때면 그 문제가 내가 이렇게 힘들어해야 하는 것인지 판단하려 했다.

그리고 스스로에게 '겨우 이런 걸로 힘들어하지 마'라고 했다.

그런데 그건 바보 같은 거였어.

티끌만 한 가시라도 내 손에 박히면 괴로운 게 당연한 거다.

내가 이미 힘든데, 힘들 만한 일이 아니라고 어떻게 판단해?

마음의 괴로움들은 외면으로도, 이해로도 사라지지 않는다.

지금 나에게 필요한 건 나에 대한 이해가 아닌, 나에 대한 위로다.

문제를 평가하는 게 아니라
실컷 울고 짜증내고 좌절할 시간이 필요한 거다.

겨우 그런 것도 못 견디는 사람이어도 어쩔 수 없잖아.

그냥 엄살 피우며 살래.

#10

백조도
⋯⋯⋯⋯
닭장
⋯⋯⋯⋯
속에서는
⋯⋯⋯⋯
낙오된
⋯⋯⋯⋯
닭이지
⋯⋯⋯⋯

퇴사 이야기를 시작으로 그림일기를 그렸기 때문인지

다른 사람들의 직장 고민들을 자주 듣게 된다.

안타까울 때도, 화가 날 때도 있다.

고통스러운 환경에서 버티는 게

이기는 게 아니라는 걸 안다.

왜 못 버틸 수밖에 없었는지, 그 이유에 화가 난다.

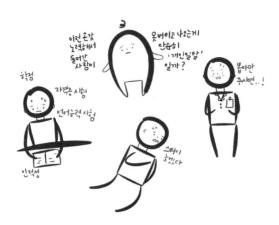

어느 집단이나 다양성이 있어야 발전한다.

한 분야에 들어왔다는 것 자체만으로도 이미 동질적인 집단인데

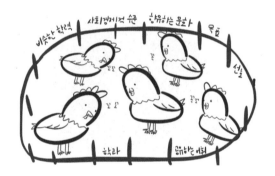

이 동질한 집단에서조차 다름을 인정하지 않는다.

일을 하며 개인의 고유한 잠재력이 성장하기는커녕

있는 잠재력도 구겨버린다.

다 탈락시키고, 구겨버리고, 살아남은 사람들만 남아 있는 바닥.

참 즐겁고 행복하겠다.

오리만 있는 세상에 독수리가 튀는 게 흉인가?

오소리 굴에서 다람쥐가 적응 못하는 게 이상한가?

백조도 닭장 속에서는 낙오된 닭이겠지.

✚

이런저런 이유로
중간에 나올 수밖에 없었던
모든 사람들에게
나의 용기와 지지를 보낸다.

#11

상상하자,
액자를
거는 삶

예전에 친구랑 예쁜 인테리어 소품을 보면서
이런 얘기를 했던 기억이 난다.

그런데 요새는 아무리 예쁜 소품을 봐도 이런 생각밖에 안 든다.

우리 집은 깨끗할 수가 없다.

있는 것도 버려야 할 마당에 인테리어 소품은… 진짜 둘 곳이 없다.

맞벌이 + 수납공간 없는 좁은 집

물론 집이 예쁘지 않아도 사는 데 별 지장은 없다.

이.. 반강제적 무소유의 삶…

쓰레기

산더미

다만 다르게 살아볼 여지가 없다는 게 가끔 싫다.

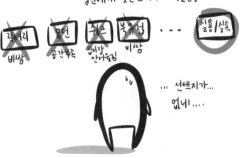

당신에게 맞는 인테리어 스타일은?

러셔리
비쌈

모던
공간부족

큐트
식이랑 안어울림

북빌럴
비쌈

…

실용/실속

… 선댁지가…
없네 ….

내 취향이 무엇인지 알려면 일단 다양하게 접해봐야 하는데
그게 참 쉽지 않다.

나는 내가 어떤 면에서 굉장히 무던하다고 생각하며 살아왔는데

요새는 내가 진짜 무던한 건지
아니면 그냥 선택의 폭이 좁았던 건지 잘 모르겠다.

나는 앞으로도 내가 좋아하는 게 아니라
내가 살 수 있었던 것들에만 둘러싸여 살게 되겠지.

돈이 없는 것 자체가 큰 불만은 아니지만,
나에 대해 알 수 있는 한계가 생길까 두렵다.

상상 속에서조차 내가 원하는 것들에 대해 꿈꾸지 못하고

그 상상조차 제한하게 될까 봐 그게 걱정된다.

그래서 우리 집에 영영 액자 하나 걸지 못할까 봐.

+

굉장히 예쁜 액자를 봤는데 나는 아주 당연하고도 자연스럽게
이런 건 우리 집에 둘 수 없다고 생각했다.
전세니까 못질도 안 되고, 집도 더러우니까.
그런데 집에 와서 둘러보니 액자 하나 둘 공간은 여기저기 있었다.
공간이 없는 게 아니라 내 상상이 없었다는 게 슬펐다.
그래서 나는 이제부터 집에 액자를 걸 수 있는 삶을
상상하며 살기로 했다.

우울증을 겪은 적이 있다.

우울증을 '마음의 감기'라고 하는데, 솔직히 마음의 폐렴 정도이지 싶다.

폐렴의 증상은 생의 에너지를 조절할 수 없는 느낌부터 시작되었다.

그렇게 뭔가가 한바탕 휩쓸고 지나가면 정서적으로 완전히 탈진해버렸다.

그때의 감정은 '감정 없음'이었다.
내 안에도 내 밖에도 아무것도 없는 그 진공의 느낌.

생의 에너지가 조금 생기면 그것을 감정으로 교환할 수 있었다.
그중 슬픔이나 우울은 생의 에너지가 가장 적게 드는 감정이었다.

아무것도 없는 느낌보다는 슬픔이든 뭐든 있는 게 나았다.

기분이 까닭 없이 좋아질 때는 그야말로 하늘을 나는 기분이었는데

무엇도 나를 잡아주지 않고
언제라도 곤두박질칠 수 있다는 불안감이 그 기분을 더욱 증폭시켰다.

다시 떨어질 때는 비명조차 들리지 않는 곳으로 떨어졌다.

그리고 다시 진공.

차라리 없어지고 싶다

온도 조절이 되지 않는 사막과 같은 마음.

겉으로는 괜찮은 척했다. 위로받거나 이해받는 것도 피곤했기 때문에.

나는 필사적으로 벗어나려 노력했다.

마음의 빈자리가 생기는 게 무서워 뭐든 쟁여두려 했다.

나를 묶어놓으려고 했다. 갑자기 붕 떠버리지 않게.

돌아보면, 어느 수준까지 관리하는 것은 성공했다고 생각된다.

그리고 지금, 우울을 걷어낸 마음에는 듬성듬성 못 자란 부분이 많다.

지금은 마음의 나무를 심고 있는 중이다.

언젠가 내 마음도 울창해지겠지.

+

적절할 때 전문가의 도움을 받았으면 좋았을 텐데,
그때는 도움받을 여력마저 없었다.
여기에는 다 담아내지 못한
너무나 많은 일이 있었고, 너무나 많은 노력이 있었다.
중요한 것은, 나는 다시 재건 중이라는 것.

#13

가족은
....
서로를
....
모른다
....

상담을 받다 보면 가족 이야기를 많이 하게 된다.

주로 내 입장에서 지각한 가족의 이야기를 한다.

그러면 종종 선생님은 그때 가족들은 어땠을 것 같냐고 묻는다.

나는 할 말을 잃는다.

선생님은 이런 얘기를 해준다.

★ 물론 이거보다 구체적으로 말씀해주심

그제야 내가 항상 내 입장에서 가족들을 봐왔다는 걸 알았다.

우리는 각자의 시선으로 서로를 보고 있다.

한 가족이라도 각자의 입장에서는 조금씩 다른 가족 구성원으로 되어 있다.

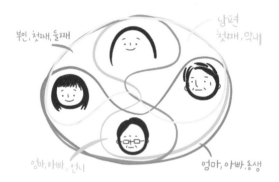

나에게는 집이 정글 같은 곳이었지만

부모님에게는 평생의 적수가 있는 사각의 링이었을 수도

동생에게는 맹수의 각축장이었을지도 모른다.

우리는 가족이 서로에게 어떤 느낌으로 다가오는지 모른다.

어떤 마음으로 가족을 경험하고 있는지 알 수 없다.

가족 구성원이 아닌 한 개인으로 어떤 삶을 사는지도 모른다.

그렇게 가족은 서로에 대해 알면서

혹은 모르면서 각자의 삶을 살아간다.

╋

우리는 서로를 알고 있다고 생각한다.
그러나 우리가 서로를 정말로 알았던 적이 있을까?
우리는 낯선 가족의 모습을 발견하는 것보다
익숙한 착각과 무지를 선택하는지도 모른다.

#14

**뛰어버릴 수
있는 용기는
어디서 왔을까**

누군가 1년 전 나에게
현재 나의 삶을 이야기해줬다면 어땠을까?

아마 좋아하지 않았을까?

살아왔던 모습과 살고 싶은 모습이 있었다.

이 두 삶의 간극이 너무 커서 나는 선택지가 없다고 생각했다.

그런데 지금의 나는 이런 상태인 것 같다.

붕 떠 있는 상태로 생각해봤다. 뛰어볼 용기가 어디서 왔는지.

아마 마음속 한구석에서는 뛰는 것에 대해 계속 생각했을 거다.

도움닫기를 하는 그 순간에는 확신이 있었을지도 모른다.

사실 인생의 틈 사이에는 늘 안전망이 있었다.

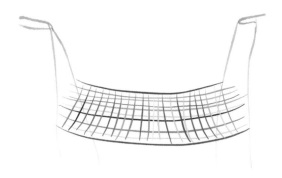

부모님과 애인은 '먹고사는 문제'에 대한 안전망이 되어줬다.

친구들은 내가 사회적으로 외롭지 않게 지켜줬다.

얼굴도 모르는 사람들의 응원한다는 작은 목소리들은
일용할 용기의 자양분이 되었다.

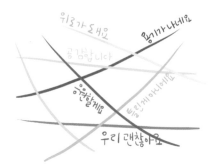

떨어지는 순간에

나를 받아주는 안전망을 느꼈다.

그래서 아주 떨어져버리지 않고, 다시 뛰어오르게 된다.

그래서 붕 떠 있는 지금 이 순간이 무섭지만은 않게 느껴진다.

나도 누군가의 안전망 한 귀퉁이를 잡아주는 사람이었으면 좋겠다.

네가 뛰어버리는 그 순간이 조금은 덜 무서울 수 있게.

오! 결국 뛰었어!

+

어떤 사람들은 나에게 참 용기 있다고 말한다.
하지만 나의 용기는 내게서만 온 것이 아니다.
인생이 붕 떠 있던 사이
내 인생에서 안전망을 잡아주었던 수많은 사람들이 있었다.

나도 언젠가 누군가의 안전망 한 귀퉁이를
잡아주는 사람이 되고 싶다.

일을 그만두고 나와서
가장 많이 들었던 말 중 하나는 이거였다.

그래, 성공한 사람들은 다들 그렇게 큰 그림을 그렸다고 하더라.

그런 분들은 이미 크게 보고, 멀리 볼 수 있는 분들이었다.

멀리 내다보고 큰 그림을 그리기엔 나는 아직 레벨이 낮은걸.

나는 이제야 내 인생을 <u>스스로</u> 그려보겠다고 붓 들고 있는데

시작부터 큰 그림은 아무래도 무리다.

큰 그림을 그리겠다고 망설이는 대신

내가 하고 싶은 작은 그림들을 거침없이 그리는 게 즐겁다.

작고 소소한 일상과 생각을 누군가와 나눈다.

대단한 포부 따위 없고

멀리 보지도 못하지만, 한 치 앞은 보려고 애쓴다.

언젠가 지금의 작은 그림들이 모여 큰 그림이 될 수도 있고

아니어도 뭐 어쩌랴.

언젠가 남들의 큰 그림에 자괴감 드는 순간이 올 수도 있겠지.

그런 순간에 작고 즐거웠던 조각들이 나를 지켜주기를 바랄 뿐이다.

셀프다독다독

느끼다, 여기에서 나답게

#01

불안정애착인

내가

사랑하고 있어

1958년 존 보울비 아저씨는
많은 이들의 심금을 울리는 이론을 제안한다.

영아는 주 양육자와
애착을 형성하려는 본능이 있으며,
이 시기에 형성된 애착양상이
성인기에도 지속된다

John Bowlby

아이의 행동에 양육자마다 다르게 반응한다.

그래서 각자 다른 시선으로 세상을 바라보게 된다.

애착 유형은 대략 세 가지로 나뉜다.

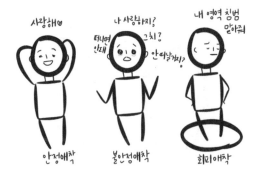

각각의 상호작용은 대략 이런 것 같다.

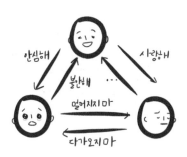

나는 이런 유형의 사람.

하지만 애정을 확인받으면 금방 안심한다.

안타깝게도 나의 첫 연애는 이런 느낌이었다.

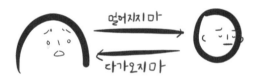

잡히지 않는 연인을 잡으려고 노력하는 건 정말 더러운 기분이다.

마치 사랑을 구걸하는 사람이 된 듯한 느낌이었다.

상대가 미울 때도 많았지만, 그만큼 내가 미울 때도 많았다.

그렇게 첫사랑과 힘들었던 술래잡기를 끝내고

지금의 너를 만나게 되었다.

나는 너를 한 백 번쯤 시험했다.

몇 번을 시험해도 언제나 같은 결론에 이른다는 것을 확인하고 나서야,
나는 시험을 멈출 수 있었다.

나의 불안함까지 다 사랑받고 나서야
비로소 그 불안함을 미워하지 않을 수 있었다.

나는 관계에 있어 남들보다 불안함에 민감하다.

남들보다 조금 더 자주 확인해야 하고

조금 더 자주 확인받아야 한다.

그런데 그럴 때마다 확인받으면 되잖아.

네가 언제나 말해줄 거라서 너랑은 불안하지 않은 이야기.

가끔 마음이 불편해 뒤척이는 밤이 있다.
어제는 그런 밤이었다.

한 달 중 29일은 별 생각 없이 직장을 다니다가

한 달 중 하루 정도는
내가 여기에서 중요한 사람이 아니라는 기분에 괴로워진다.

석사급 연구원이라는 존재 자체가 중요한 인력이 아니다.

전문가도, 박사도, 아무것도 아닌 나는 깍두기처럼 끼어 있다.

아무도 뭐라고 하지 않는데도 그냥 그런 느낌이 들 때가 있다.

사실 직장에서 중요한 사람이 되려면 그만큼 헌신을 해야 한다.

그런데 나는 전혀 그렇게 하고 있지 않다.

나는 지금 내 인생의 길을 정하는 걸 보류하고 있는 상태다.

이런 이중생활을 하기 위해서는

직장에서는 중요하지 않은 사람으로 존재해야 한다.

그걸 알지만 그래도 불현듯 그런 느낌을 받을 때면
직장에 나를 던져볼까 싶다가도

현자타임이 왔다가

결국 중요하지 않은 나를 견뎌야 한다는 결론에 이른다.

머리로는 백번 천번 어쩔 수 없다고 스스로를 달래도

또 어느 날 밤인가는 괴로운 기분에 휩싸일 걸 안다.

그 뒤척이는 밤들이 내 결정에 대한 값을 치르고 있다.

+

빠르게 성취하며 사는 삶은 그 삶대로,
고민하며 내 속도대로 사는 삶도 그 삶대로
치러야 할 몫이 있다.
나는 뒤척이는 밤들로 그 몫을 치르고 있다.
후회가 없다고 괴로움도 없는 건 아니니까.

자신만만해 보인다는 평가를 종종 받았었는데

네 앞에서는 그렇지 않다.

나는 네 말이 중요하다.

네가 좋게 봐주는 게 나한테는 중요하다.

너한테만은 언제나 칭찬받고 싶다.

객관적인 평가는 이미 내가 체감하고 있으니까.

너는 내가 좋으면 그걸로 됐다고 내 마음대로 하라고 하지만

요새같이 자신감이 없을 때는 막연히 네가 좋게 말해주길 내심 기대한다.

왜냐하면 다른 사람들이 모두 내가 맞다고 해도
네가 아니라고 한 게 훨씬 마음에 걸릴 테니까.

다른 사람들이 구리다고 해도 너만 좋다고 해주면
너희가 다 틀린 거라고 비웃을 수 있어.

그리고 때로 그 '다른 사람'에는 나 스스로도 포함되고는 해.

그래서 네가 좋다고 해주면 그런 '내'가 틀린 거라고 비웃을 수 있어.

너는 나보고 항상 용기 있다고 하지만
내가 불안하고 겁낼 때가 많다는 것도 알 거야.

그러니까 누구보다 잘하고 있다고 해줘.

나에게 자신감을 떠먹여 줘.

지금 나는 그런 게 필요해.

✦

자신감이 나올 만한 구석이 없을 때 자신감은 어디서 찾아야 하는 걸까.
나는 아직 잘 모르겠다.
그걸 알 때까지 네가 자신감을 떠먹여 줬으면 좋겠어.
자신이 없는 이런 날에는 네가 맞다고 말해주면
내가 틀리지 않은 것처럼 느낄 수 있으니까.

나는 어릴 때 늘 엄마의 안색을 살피는 아이였다.

오늘은 엄마기분이
어떤가..?

아빠가 늦는 밤이면 너무 불안했다.

아빠 왜 안 오지..
늦게 들어오면 엄마 또 화내는데...

엄마는 남에게 싫은 소리 하고 싸우는 걸 싫어했다.

내가..
참고말지..

참자...

참자...

그 억눌렀던 화는 자식들에게 돌아갔다.

바보가 아닌 이상,
그 화가 원래 누구에게 가야 했던 것인지 모를 수 없었다.

습관적인 정서적 분풀이.

이걸 끊어내려고 나는 엄마한테 지랄을 했다.

물론 이해할 수도 있다.

그러나 쉽게 용서할 수는 없었다.

쉽게 용서된 폭력은

쉽게 반복되기 때문이다.

엄마를 위하고 싶지만 그게 나를 학대하는 방식이라면 싫다.

엄마를 사랑하지만 그렇다고 분풀이 대상이 될 생각은 없다.

어릴 때야 엄마밖에 없고 집밖에 없었으니까 선택의 여지가 없었다.

어른의 좋은 점은 엄마와 정서적, 물리적으로 선을 그을 수 있다는 것.

아빠는 가족이 다 그런 거라고 했지만

'편한 것'과 '함부로 하는 것'에는 차이가 있다.

나는 좋은 딸이 못 되는 걸 안다.

하지만 복잡하고 힘들게 살면서 착한 딸이 되느니

차라리 나는 불편한 딸이 되고 싶다.

#05

언젠가
·············
더 많이
·············
느끼고 싶어
·············

사람은 다양한 정서를 느끼며 산다.

그런데 나는 정서를 덜 느끼며 살려고 노력했다.

외면하고

억압하려고 했다.

나에게 정서란 다양하거나 유쾌한 것이 아니었으니까.

오히려 아무것도 느끼지 않는 게 편했다.

그래서 이성에게 인생 몰빵!

오직 이성이 이끄는 삶만 살아왔다.

그러다 지금 여기,

이제와 이러고 있다.

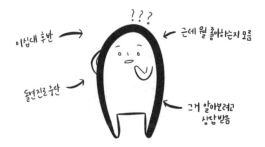

사실 어떤 것들과 마주치게 될지 몰라서

겁이 나지만

용기 내어 마주해보려 한다.

그래서 언젠가는 다양한 정서를 잘 느끼게 됐으면 좋겠다.

나는 내 생각을 말한다.

어느새 그 생각을 보는 사람들이 꽤 많아졌다.

그리고 그중 누군가는 나와 생각이 다르다.

143

'이성적'으로는 틀린 말이 아닌 걸 안다.

하지만 솔직히 '감정적'으로는 놀라고 불쾌한 기분이 든다.

아니라는 걸 알지만 공격받는다는 느낌이 들어버린다.

그래서 처음에는 싸우려는 태도를 취하기도 한다.

그러다가 생각해본다.
내가 만약 이런 이야기를 봤다면 어땠을까.

자신이 속한 곳은 '나'의 정체성을 규정하는 한 부분이 된다.

그렇기 때문에 자신이 속한 분야에 대한 다른 의견을 보면
본능적으로 이물감이 느껴질 수밖에 없다.

누군가 내가 속한 분야에 대해 다른 의견을 펼친다면
나 역시 불쾌했을 것 같다.

사실 나는 지금까지 한정된 세상만을 보고 살았다.

나의 좁은 세상에서 내 생각은 '옳았다'.

그렇기에 '네 생각은 틀렸어', '그건 네가 잘 모르고 하는 말이야' 같은 말들이
나의 작은 세상에 흠집을 낸다.

흠집이 나는 순간에는 괴롭지만 그 흠집을 통해 내가 모르던 세상을 보게 된다.

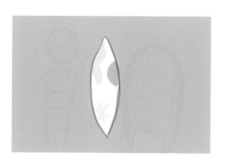

조금씩 배우고 있다. 사람들은 각자의 세상에서
서로 다른 위치, 서로 다른 방향을 보고 서 있다는 걸.

나에게는 죽어도 오른쪽인 방향이

여기가 오른쪽이야!

상대에게는 왼쪽일 수도 있다는 걸.

이쪽은 왼쪽이야

!!!

그렇다고 내 기준에서 말하는 걸 그만두지는 않을 거야.

서로 다른 세상에서 서로 다른 방향을 가리키는 사람들이 있다는 건

그만큼 다양한 세상과 다양한 방향이 있다는 뜻일 테니까.

#07

여전히
바뀐 것은
없더라도

나는 짝눈이다.

많은 사람들이 자기가 짝눈이라고 생각한다.

나 눈짝짝이야
ㅠㅠ

하지만 대부분 남들이 알아채지 못할 정도의 짝눈이라면

너
짝눈인거
모르겠는데?
아닌거 같아~

150

나는 남들이 알아챌 정도로 짝눈이다.

신경 쓰이지만 평소에는 그러려니 하고 산다.

하루는 셀카를 찍고 있는데 짝눈인 내가 너무 싫었다.

그래서 투덜거리고 있자

네가 이렇게 얘기해줬다.

내 눈은 여전히 짝눈이고, 짝눈이 아니었더라도 미녀는 아니지만

나는 처음으로 내가 짝눈이 아니라
서로 다른 예쁜 눈을 가졌다고 생각할 수 있게 되었다.

✛

나는 처음으로
짝눈이 아니라 서로 다른 예쁜 눈을 가졌다고 생각하게 되었고
목소리가 큰 게 아니라 발성이 남다르다고 생각하게 되었고
공격적인 게 아니라 자기주장이 명확한 거라 생각하게 되었고
기가 센 것이 아니라 카리스마 있는 거라 생각하게 되었다.

너는 나를 아무것도 바꾸지 않으면서
내 모든 것을 바꿨다.

#08

결핍은
·········
채워져야
·········
극복이 된다
·········

우리 부모님은 정서적인 독립을 강조하는 분들이었다.

어릴 때 엄마한테 이런 칭찬을 받았던 기억도 난다.

그래서 나는 누군가에게 정서적으로 의지하는 것은
나쁜 거라고 생각하며 자랐다.

아무도 필요 없는 척했지만 거짓말일 때가 많았다.

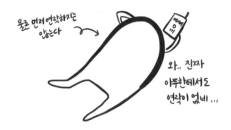

외롭기 때문에 오히려 사람들을 만나기 싫었다.

다시 혼자 돌아오는 길이 너무 외로우니까.

언제나 따뜻함이 그리웠지만

이런 결핍은 혼자서 극복해야 한다고 믿었다.

그래야 성숙한 거라 생각했다.

결핍이 없는 상태로 누군가를 만나야 건강한 관계가 될 것 같았다.

그렇게 쿨한 척했지만 사실은 답답할 정도로 따뜻한 관계가 늘 필요했다.

너와의 관계에서 나는 전혀 독립적이거나 성숙하지 않다.

에리히 프롬은 《사랑의 기술》에서 이렇게 서술했지만

성숙한 사랑은
상대를 사랑하기 때문에
상대가 필요한 것이다

- 에리히프롬 (Erich Fromm)

나는 연인이 결핍을 채워주기 때문에 필요하기도 했다.

억지로 성숙한 척하는 것보다

옆에 아무도 없어도
아무렇지 않아~

혼자이고싶지않아...

지금이 더 마음 편하고 행복하다.

어쩌면 결핍의 구멍을 없애는 가장 좋은 방법은

결핍을 없애거나 이해하려 노력하는 것보다

그냥 채워버리는 것일 수도!

+

남들은 이미 알고 있었을 당연한 것들을
나는 이제야 알게 되는 것이 많다.

결핍은 채워지기 전까지 극복할 수 없다는 걸,
채워지기 전에는 알지 못했다.

하긴 노력으로 극복될 거였으면
애당초 결핍이 아니었겠지.

ー#09

왜 그때
우울하다고
말하지
못했을까

우울하다고 언제 누구한테 말해야 하는지 알 수 없었다.

상대를 곤란하게 만들고 싶지 않았다.

가까운 사람을 걱정시키고 싶지 않았다.

161

그것보다 상대에게 기대하고 실망하게 될까 봐 무서웠다.
내 우울함을 털어놨을 때,

이런 말들을 들으면 바스러져버릴 것 같았다.

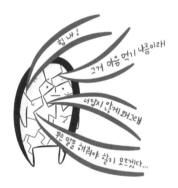

이렇게 말하는 분들은 아파도 병원 가지 말고
마음의 힘만으로 무병장수하시길.

사람들이 기대하는 우울한 사람의 모습이 있다.

딱 보기에 슬퍼보임

절대 안웃음

집에 쳐박혀 아무것도 안함

뭔가 '일반'인 사람들과 다를거 같음

기력 없음

하지만 나는 친구들을 만나면 웃음이 났고,
해야 할 일들도 어쨌든 해냈다.

야ㅋㅋㅋ 니가무슨
우울증이야ㅋㅋㅋㅋ

ㅋㅋㅋ

ㅋㅋㅋ

ㅋㅋㅋ

(혼자있을 때
많이 힘들어)

'나=우울한 사람'으로 보이고 싶지 않았다.

나는 우울했지만 그렇다고 그게 나라는 인간의 전부는 아니었으니까.

학생상담센터 문 앞에서 긴장했던 그 마음이 기억난다.

나는 이런 것에 대한 편견 같은 게 없다고 생각했었는데
막상 내 일이 되니 느낌이 달랐다.

첫 면담을 하며 나는 면담자를 매우 경계했다.

내가 면담자와 다르지 않다는 걸 얘기해주고 싶었다.

우리 사회는 '마음의 병'이 있는 사람들에 대한 편견이 만연하다.

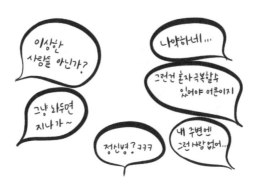

사람들은 다양한 이유로 우울하다고 말하지 못하게 된다.

하지만 어떤 이유에서건
말 못하고 치료를 못 받으면 본인이 제일 괴롭다.

그때의 나를 만난다면 이렇게 얘기해주고 싶다.

+

나는 편견이 없는 편이라 생각했는데도
선뜻 우울하다고 말하거나 도움을 청하기 힘들었다.
남의 일이면 너무나 별것 아닌 일처럼 느껴지는데
내 일이면 천근만근이더라.

#10

외로움을
아는 채로의
삶

나는 SNS를 많이 하는데

아무래도 외로워서 그런 것 같다.

'사회'에서 체감되는 외로움의 느낌은 다르다.

대학원 때는 어쨌든 거의 매일 친구들과 만날 수 있었다.

어젯밤 무슨 이상한 꿈을 꿨는지, 애인이랑 무슨 일로 다퉜는지
나의 일상들을 시시콜콜하게 나눌 수 있었다.

외로운 순간들도 있었지만 외롭다고 털어놓을 수 있는 사람도 옆에 있었다.

그런데 직장에서는 그럴 수가 없으니까.

사회생활이 다 그런 거라고 위로 아닌 위로를 하지만

그렇다면 다들 매일의 외로움을
어떻게 흘려보내고 있는지 궁금해지기도 한다.

사실 대부분 일이 바빠 외로울 시간도 없겠지.

비어 있는 마음의 자리에 일을 채워 넣으면 외로운 것도 모르겠지만

그러면 언젠가 다른 것들이 들어올 자리가 없어질 것 같다.

외로움은 배고픔처럼 시시때때로 신경 쓰이는 감정이다.

배고픔은 부끄럽지 않았는데 외로움은 종종 부끄러웠다.

외롭냐니...
인간은 본질적으로
고독한 존재인걸
그러니 suck it

하지만 굶었을 때 배고픔을 느끼는 게 건강한 것처럼

배가안고파! 살빠지고 개이득 !

노오력

리빙포인트)
밥을 안먹어도 배가고프지않다면
위에 문제가 있는것일수있다
(경험담)

일상에서 '관계'를 경험하지 못하고 있는데
외로움을 느끼는 게 당연한 거 아니냐고.

내 마음을 들여다보고 돌볼수록
건강한 욕구들이 자라날 수 있는데

미안하다, 황무지다….

그렇다고 이 욕구들을 모른 척하고 아무거나 가져와서 외로움을 채우며 사느니
일단 이 외로움을 근근이 견디며 지내보고 싶다.

그래서 외로움을 모르는 삶이 아니라
외로움을 아는 채 사는 삶을 살고 싶다.

✦

애인이나 가족이 주는 친밀감과 친구들이 주는 친밀감은
그 결이 다른 것 같다.
하나가 200퍼센트 채워진다고 해서
다른 쪽의 빈자리가 채워지는 건 아닌가 보다.

그래, 알아. 네 잘못만은 아니야.

아마 네가 피곤해서 그랬을 수도 있어.

네가 언제나 내 기분을 맞춰줄 의무가 없는 것도 알아.

내가 너에게 서운한 것들은 결국 너무나 옹졸한 것들이야.

네 목소리가 무신경해서 마음 상했다 하면 우습겠지?

네 눈빛이 덜 다정해서 서운했다면 이해하겠니?

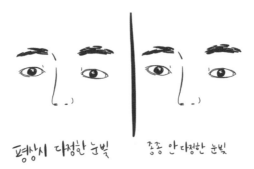

평소에 너는 봄볕처럼 다정해서 나는 맨마음으로 뒹굴거리고 있어.

그래서 잠시 부는 찬바람에도 몸을 움츠리게 돼.

그리고 나를 보호하고 싶어져.

나는 네 옆에서만큼은 무방비의 마음으로 있고 싶어.

그 마음은 스물아홉만큼 철든 이성적이고 강한 마음이 아니야.

그 마음은 네 말투와 눈빛의 작은 변화에도

쉽게 상할 수 있는 그런 물러터진 마음이야.

너는 너도 모르게 아주 작은 걸로도
내 무른 마음을 아프게 할 수 있어.

그럴 때 나는 좀 무서워져.

하지만 무섭더라도 너와 함께하고 싶어.
네가 없는 건 더 무서우니까.

나는 이런 사람이야.

이런 나를 사랑해줘.

내가 다섯 살 때 동생을 처음으로 만났다.

동생은 언제나 나의 좋은 친구이자

독창적인 실험 파트너이자

크고 나서는 패션 멘토,

그리고 지금은 나의 롤모델이다.

동생은 열여덟 살에 학교를 그만뒀다.

그리고 몇 년간 별다른 일을 하지 않고 칩거했다.

사람들은 다들 걱정을 한마디씩 얹었다.

하지만 결론적으로 동생은 지금 잘 살고 있다.

사람들은 동생이 학교를 떠날 때 도망치지 말라고 했다.

하지만 나는 동생을 통해 싫은 걸 그만두는 것이야말로
진짜 용기라는 걸 배웠다.

다양한 삶의 방식을 나의 잣대로 평가하지 않는 법을 배웠다.

이런 것 외에도 동생에게 여러 가지를 배웠다.

만약 우리 가족이 혹은 내가 내 동생을 비난했다면

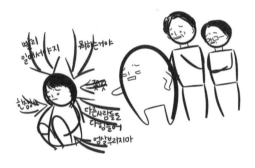

지금쯤 그 비난의 화살은 나를 향해 있었을 거다.

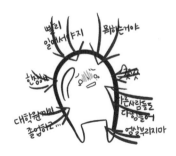

동생은 우리 가족 안에 있던 '이렇게 살아야 한다'는 틀을 깨줬다.

뭐… 덕분에 더 편안한 마음으로 퇴사했지.

동생은 세상의 편견이 본인을 주눅 들게 하지 않았다.

부당한 비난에 대해 화를 냈다.

때로 상처받지만

언제나 다시 회복하는

우리 집 라이징 스타!

+

동생은 남들이 가지 않은 길을 갔다.
누군가는 걱정했고 누군가는 혀를 찼다.
하지만 동생은 잘 살아냈고, 지금도 잘 살고 있다.

그래서 나는 세상에 망한 인생은 없다는 걸
인생은 망하는 성질의 것이 아니라는 걸 배웠다.

예전에 다니던 직장 옆에 유치원이 있었다.

나는 종종 아이들을 물끄러미 바라보고는 했다.

부모님은 내 나이에 나를 낳았다.

지금 내가 아이를 낳는다고 생각하면… 아찔하다.

전문직이 될 거라 믿었을 때는
어쩌면 아이도 가질 수 있을 거라 생각했다.

그러나 전문직이 되는 길을 벗어나며 아이는 못 갖겠구나 싶었다.

물론 그게 아니더라도 엄마가 못 될 이유는 차고 넘친다.

아이를 낳지 않으면 뭐든 될 수 있을 것 같은데

아이를 낳으면 엄마밖에 못 될 것 같다.

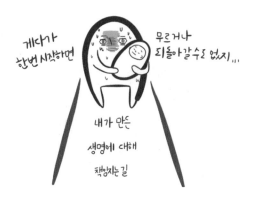

물론 아이가 생기면 더없이 힘들지만 더없이 기쁠 것이다.

하지만 아이가 없으면 너무나 많은 것들로부터 자유로울 수 있다.

게다가 모든 걸 포기하고 아이를 가지고 싶어도
현실적으로 우리 수입이 아이를 허락할지 모르겠다.

이성적으로는 우리에게 아이가 없는 게 더 맞을 거라는 걸 안다.

하지만 때로 길을 걸을 때 아이가 옆에 있다면 어떤 기분일까 생각해본다.

그 아이가 크는 모습을 떠올려본다.

아이에게 하고 싶은 이야기들과

주고 싶은 사랑의 느낌을.

나는 길을 걸으며 생각했다.

어쩌면 평생 만날 수 없을 나의 아이를.

✦

존재한 적 없던 존재와 이별할 수 있을까?
만난 적 없던 존재를 상실할 수 있는 걸까?
어쩌면 평생 만나지 못할 그 아이를
그리워할 수도 있을까?

#14

모난 돌은
....
정 맞아도
....
모나지
....

어쩌면 나는 어릴 적부터 조금 모났던 걸지도 모르겠다.

급식이 마음에 안 들었던 중학교 1학년의 나는
아침에 교문 앞에서 급식 만족도 설문지를 돌렸다.

그리고 설문지를 모아서 학생주임 선생님께 드렸다.

196

고등학생 때는 너무 잦은 모의고사에 항의했는데

받아들여지지 않았다.

사설 모의고사 한번 볼때마다 선생들에게는 '회식비' 명목으로 얼마한 돈이 갔다는 건 나중에 알았다

그래서 교육청에 학교를 신고했었다.

＊ 이때는 사설 모의고사 불법이었다

197

그래서 무엇이 바뀌었냐면?

나는 설문지를 받아든 학생주임 선생님의 표정을 기억하고 있다.

고등학교 때는 내부고발자로 찍혀서 여기저기 불려다니며 욕을 먹었다.

이런 사건들을 겪으며 깨달았다.

모두가 문제라고 생각하는 걸 공개적으로 말하면

바로 내가 문제적 인간이 된다는 것.

그리고 그 순간 누구도 나와 함께해주지 않는다는 것.

그럼에도 불구하고 나는 계속 이런 사람일 거라는 것이었다.

난 지금까지 이랬고,
앞으로도 이럴겠지

나는 돌부리에 걸려 넘어졌을 때

침묵하고 넘어가고 싶지 않다.

누군가는 내가 내는 소리를 시끄럽고 불쾌하다 생각할 것이다.

모난 나는 정을 많이 맞아왔고, 앞으로도 그럴지 모른다.

모난 것이 아무것도 바꾸지 못한다 해도, 적어도 내 삶은 달라졌다.

그러니 모난 돌은 정 맞아도 계속 모날 것이다.

15

올해는 너와 연애한 지 만 3년째 되는 해이다.

그리고 너와 결혼하는 해이다!

사랑은 뭘까? 결혼은 뭐야? 솔직히 모르겠어.

그런데 그럴 때마다 네가 그랬어.

그래서 나는 안심이 됐어.

네가 그랬어. 세상을 살다 보면 비를 맞는 순간이 있을 거라고.

그래도 함께라면 털어낼 수 없는 곳에 떨어진 빗방울들을 털어줄 수 있을 거라고.
그렇게 함께하는 거라고.

네가 날 다 이해하지 못하는 것처럼 보여도

말해달라고.

내 마음의 불안을 네게 얹어

내 마음이 가벼워지길 바란다고, 그렇게 말해줬어.

결혼은 우리 둘이 마주 앉아 김이 나는 저녁을 먹는 거라고,

그러면서 그날 하루를 얘기하는 거랬어.

내가 너한테 오늘 하루는 어땠냐고 물어보면 너는

라고 말할 거라고 그랬어.
그리고 저녁을 먹고 우리는 산책을 나갈 거야. 언제나처럼.

마주 잡은 손은 따뜻하겠지.

서로의 온기를 나누는 일상을 보내는 게 사랑이라고 네가 그랬어.

네가 말하는 그런 게 사랑이고 결혼이라면

그런 거라면 앞으로도 너와 잘할 수 있을 것 같아.

+

나 혼자였을 때는 새로운 것들이 두려웠어.
하지만 너와 함께 있어서 그 알 수 없음이 이제는 설렘으로 느껴져.

음악의 템포가 갑자기 바뀌더라도
스텝이 꼬이더라도
때로 잘못된 순간에 턴을 하게 되더라도
상관없어.
왜냐하면 고개를 들어보면
언제나 네가 웃는 얼굴로 내 손을 잡고 있을 테니까.

이제 또 새로운 곡이 시작될 거야.
나도 언제든 너의 손을 꼭 잡아줄게.
그러니 나와 함께 끝나지 않을 춤을 추자.

— 서늘한여름밤의 성혼선언문

자란다, 잘하고 있으니까

01

나의 퇴직

1주년

오늘은 나의 퇴직 1주년이다.

아예
연하 쓰고 노는중

오늘의 나를 돌아본다. 나는 잘 살고 있다. 스스로가 대견할 만큼.

역시,
잘 살 줄 알았어

??

그 사이 나는 6시에 칼퇴하는 새 직장을 구했고
일을 안 하는 시간에는 이런저런 것들을 하며 논다.

오예!
퇴근시간!

SNS 친구
만나기

블로그

맛집

진로고민

연인과 저녁

버는 돈은 3분의 2로 줄었다.

대신 일을 빼고도 남는 삶이 생겼다.

1년짜리 적금을 넣지 못할 만큼 미래를 알 수 없지만

내일이 괴롭지 않을 거라는 건 확실히 안다.

내가 뭘 좋아하는지 아직 잘 모르겠지만
적어도 싫어하는 것을 하고 있지는 않다.

우습지. 그만두면 모든 게 끝장이라고 생각했던 때도 있었는데.

그래, 어쩌면 나는 그때 끝나버린지도 모른다.

그리고 1년 전 오늘부터 새로운 삶을 일구고 있다.

그 새로운 삶에서 나는 하고 싶지 않은 일들을 걱정하지 않는다.

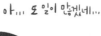

대신, 하고 싶은 것들을 계획한다.

남의 눈치를 보는 대신에

스스로를 살핀다.

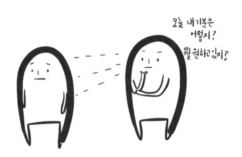

빛나는 미래를 위해 지금을 견디지 않는다.

만약 그런 것이 있다면 나는 그것을 끌어다가

지금을 밝히는 데 쓸 것이다.

#02

아주
....
먼 길을
....
왔어
....

오늘 문득 내가 아주 먼 길을 왔다는 느낌이 들었다.

한때는 일기장 맨 뒷면에 유서를 써놨던 적도 있었다.

죽고 싶다기보다 지긋지긋했다.

삶이 이런 식으로 계속될 것 같았다.

때가 되었다고 느낄 때 주저하고 싶지 않았다.

＊ 정말로 본인/주변인이 이 상황이면 119, 112, 1577-0199에 전화합시다!

그때는 그게 나에게 너무나 강력한 감정이었고

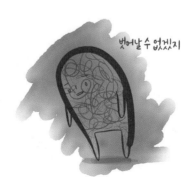

그래서 내 인생을 다 바쳐 해결해야 할 문제라고 생각했는데

이제는 그때를 기억하려면 다시 일기장을 뒤져봐야 한다.

돌이켜 생각해봐도 뭐가 결정적이었는지 모르겠다.

어쩌면 너무 미미해서 기억도 안 나는 그런 노력들이었는지도 모른다.

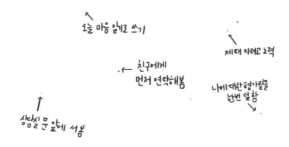

그리고 무수한 실패를 경험했던 것도 같다.

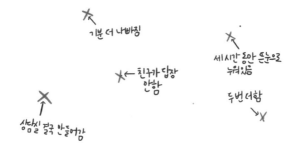

그 노력들은 언젠가 달라지리라는 믿음보다는

고통이 반복되지 않기를 바라는 버둥거림에 가까웠다.

그리고 어느 순간부터인지 모르겠지만

삶이 한결 나아져 있었다.

시간이 조금 오래 걸렸지만 알게 되었다.

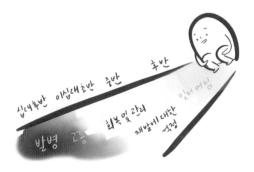

나아질 수 있다는 걸.

그래서 또 언젠가는 전혀 새로운 길을 걷고 있겠지.

#03

너는
....

잘하고 있고
....

그건
....

당연한 게
....

아니다
....

어느 날 친구를 칭찬해줬는데 반응이 격하게 돌아왔다.

그 친구는 진짜 인정받고 칭찬받을 점이 많은 친구였다.

잘나고 능력 있는 사람들이 칭찬과 인정을 많이 받을 것 같은데

실제로는 그 반대인 경우를 참 많이 봤다.

세상에는 암묵적으로 혹은 공공연하게 유능한 사람들이 있다.

이 유능한 사람들은 보통 끼리끼리 집단을 형성하게 된다.

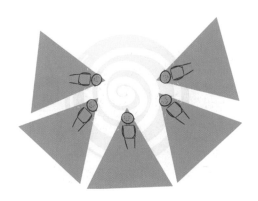

그러면서 잘하는 게 너무 당연한 분위기 속에 있게 된다.

하지만 잘하는 것은 당연한 것이 아니다.

지금 너의 하루를 해낼 수 있는 사람이 세상에 몇이나 될까.

지금 네가 해내는 것들을 과소평가하는 사람이 있다면
그 사람이 이상한 거다.

너는 내가 아는 사람 중에서도 제일 유능한 사람 중 하나인데

그런 네가 힘들다면 그건 남 탓이거나 상황 탓이다.

하루의 거센 물결 속에서 버티는 것만 해도 대단한 거 아니야?

그 이상을 바라는 건 너무 가혹한 일이다.

그런데 가끔 힘들어서
네가 얼마나 잘하고 있는지 까먹을 수도 있어.

그럴 때마다 내가 몇 번이고 다시 말해줄게.

너는 지금 잘하고 있고, 그건 전혀 당연한 게 아니라고!

#04

**'사실은'으로
시작하는
고백을 해보자**

며칠 전에 친구를 만났는데 스무 살 때 만났던 친구였다.

나는 그 친구랑 친해지고 싶었는데 그 친구는 아닌 것 같아서
혼자만의 짝우정을 접었던 친구다.

그런데 8년이 지난 후에야
이 친구도 나와 친해지고 싶었다는 이야기를 들었다.

그 이야기를 듣고 나서 생각해봤다.
그때 솔직하게 이야기했으면 어땠을까.

예전이나 지금이나 나는 좋아한다고 솔직하게 말하는 사람을 보면 놀란다.

나에게 누군가를 좋아한다는 말은
그만큼 내 안에 그 사람을 필요로 하는 부분이 있다는 뜻이다.

일단 그 부분부터 인정하기가 힘들다.

더 많이 필요로 할수록 더 많이 신경 쓰고 더 많이 영향받는다.

그렇게 상대에 대해 소심해지고 찌질해질까 봐 무서운 거다.

게다가 상대가 부담스러워하면 어떡하냐고….

그래서 아무도 필요 없는 척했지만

사실 내 마음은 그게 아닐 때가 많았다.

사실은 친해지고 싶었고, 사실은 좋아하고, 사실은 내게 중요한 사람이다.
입이 잘 안 떨어질 뿐!

그래서 나에게 '사실은'이라는 말은 굉장히 긴 말이다.

사실은 가족들을 많이 사랑한다.

사실은 친구들에게 심적으로 많이 의지하고 있다.

사실 내가 많이 사랑한다.

니가 나한테
하~도 잘하니까
사귀는거야

'사실은'이라고 마음을 고백하는 건 어려운 일이다.

아,,, 역시 너무
뜬금없나,,,

지웠다

썼다

그래도 오늘은 용기를 내어
'사실은'으로 시작하는 고백을 해봐야겠다.

전화는 너무 쑥스러우니 카톡으로

+

내가 가끔 괜히 전화하고 연락할 때 있잖아.
사실은 보고 싶고, 좋아하고, 신경 쓰고 있어서 그런 거야.

그럴 때 있지 않았어? 나만 남들과 다른 기분.

그런 시선 느껴본 적 없었어?

자기와 다르다고 수군거리고

손가락질하는 사람들, 나는 무섭더라.

왜냐하면 그 손끝에 언제든 내가 설 수도 있으니까.

나는 그런 불쾌함을 경험하고 싶지 않다.

그렇다고 억지로 나를 욱여넣고 싶지도 않다.

소수인 것이 유쾌한 일은 아닐 수 있지만 유해한 것은 확실히 아니다.

하지만 다수와 다르다고 차별하고 무시하는 것은 분명히 유해하다.

왜냐하면 그런 건 누군가를 두렵게 하고

자유롭지 못하게 하고

고통스럽게 하는 행위이기 때문이다.

그러니 우리 서로의 고통에 동참하지 말자.

모두와 다른 것을 받아들이자.

왜냐하면 사실 우리 모두가 다르니까.

서로의 낯섦을 괘념치 않기로 하자.

그래서 언젠가 네가 어떤 모습이 되어도

두렵지도 외롭지도 않을 수 있도록.

#06

실수는 해도
....
자책은
....
안 할 거야

사람은 누구나 실수를 한다.

누구나 자신만의 구멍이 있기 때문이다.

윗사람들의 실수는 인간적인 면모가 되지만
아랫사람의 실수는 치명적인 결점이 된다.

그런데 슬프게도 실수는 낮은 위치에 있는 사람이
더 많이 할 수밖에 없다.

나는 여느 사람같이, 혹은 여느 사람보다 실수를 많이 한다.

실수한 것은 반성하지만, 자책까지는 하지 않으려 한다.

왜냐하면 잘한 일이 훨씬 많으니까!

정신 차리고 일하는데도 실수가 반복된다면
자책이 무의미한 상황인 거겠지.

어차피 실수하면 남들이 욕하는데

여기에 자기 자신까지 합세하는 건 너무 가혹한 일이다.

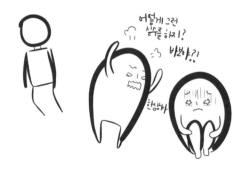

게다가 자책하는 자신의 모습을 싫어하기까지 하는 건
스스로에게 너무한 거 아닌가?

내 실수들에 대해 나라도 나를 위로하고 싶다.

나는 구멍과 허점이 엄청 많은 사람이지만

하하하
꾸멍 너무 많아서
스펀지밥인줄 ...

그게 나의 최선인 걸 안다.

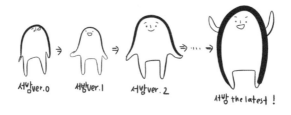

서방ver.0 → 서방ver.1 → 서방ver.2 ⇒ .... → 서방 the latest !

나는 구멍을 메우기보다 함께 살아가고 싶다.

구멍이 많으니
바람도 숑숑 통하고
얼마나
좋으냐

✚

실수는 괴로운 일이다.

이미 괴로운 일에 본인까지 더 거들 필요가 있을까?

우리는 자신에게 가장 나쁘게 굴 때가 많다.

우리는 모두 실수를 한다. 오늘은 그게 나였을 뿐이다.

그러니 조금 더 너그러워지자.

남들에게도,

나에게도.

대학교 때 모두가 좋아하는 친구가 있었다.

상냥하고 위트 넘치는 그녀와 대화하는 것은 언제나 즐거웠지만

너무 매끈매끈해서 사실 어떤 사람인지 잘 모르겠는 느낌이었다.

시간이 흘러 다시 만났을 때 그 친구는 조금 달라져 있었다.

평범하다면 평범하고 특별하다면 특별할 자기 삶의 이야기를 나눴다.

그리고 나는 처음으로 진짜 그 친구를 만난 것 같았다.

사실 나도 그 친구와 비슷했던 것 같다.

유려한 모습만 보이고 싶었지만
속으로는 더없이 외로울 때가 많았다.

마음의 문을 닫아놓은 채 누군가 들어와주길 기대했다.
대문만 예쁘게 꾸며놓으면 되는 줄 알고.

그러다 우연히 좋은 친구들에 둘러싸이고 나서야
마음의 문을 조금 열어볼 수 있었다.

다들 '그냥의 나'를 좋아했다.

그래서 조금씩 더 용기 내 그냥 내 모습을 드러낼 수 있었다.

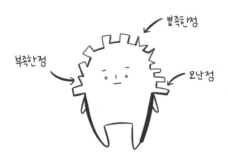

매끈하지 않기 때문에 더 가까워질 수 있다는 걸 배웠다.

멋지고 빛나는 모습뿐만 아니라

찌질하고 소심하고 나약하고 까칠하고 우울한
그런 평범한 모습들도 좋아한다는 것을.

어쩌면 그런 모습이 있어서 더 좋아하게 되는지도 모른다.

완벽한 사람은 없다.
다들 어딘가는 부족하고 어딘가는 모났다.

하지만 그런 부분들 덕분에 우리가 맞물려 있는 게 아닐까?

어릴 때는 '싸우면 나쁘다'고 배웠다.

그런데 크면서 보니, 갈등 없이 살 수 있나 싶더라.

싸우면 정말 나쁜 걸까 의문이 생기더라고.

나는 싸우지 않는 걸 착하다고 말하는 사람들을 경계하게 되었다.

있을 수밖에 없는 걸 없는 척하려면

대신 가장 만만한 것들이 희생되더라.

정말 자주 자기 자신이거나...

갈등을 일으키면
나쁜 사람이야

나만 참으면 되는건데

미움 받고 싶지 않아

그게 과연 착한 걸까 싶었다.

아무랑도
갈등이 없었는데
왜?

티가 안 난다고
생각했는지 몰라도
화난거 다 티나...
차라리 화를 내...

갈등은 귀찮기도 하고 위험하기도 한 일이라

뭐야? 지금 나 맞는거야?

도망쳐야
하나?

싸우는거 힘든데... ㅠㅠ

더 크게 반격 당하는거 아니야?

나 싸울 기력이 있나?

원하는 방식으로 직면하지 못할 수도

심지어 때로는 부딪치지 못할 수도 있지만

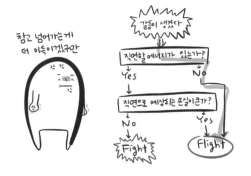

그렇다고 한강에서 뺨 맞고
종로에서 화풀이하는 삶을 살고 싶지는 않다.

적어도 나한테만이라도 솔직해지고 싶다.

내가 그토록 원하는 평화는

마음으로부터 도망친 곳이 아니라

내 마음과 마주하는 곳에서

시작될 수 있을 테니까.

+

내가 만났던 사람들 중
가장 평화와 멀리 떨어진 곳에 있던 사람들은
평화를 위해 갈등을 피하려던 사람들이었다.

그래서 나는 마주하고 싶다.
내 마음으로부터 도망친 곳에는
절대 평화가 없을 테니까.

나는 사실 마음속 한켠에서 완벽한 연인을 꿈꿨다.

그래서 내가 좋아하는 것들에 네가 흥미가 없었을 때

네가 좋아하는 것들에 내가 흥미를 가질 수 없었을 때

무척이나 실망했었다.

나의 다양한 욕구들을

네가 다 채워야 한다고 생각했다.

너는 나의 연인이자, 가족이자, 부모이자, 친구이자
모든 것이어야 한다고 생각했다.

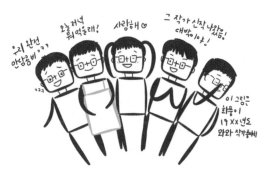

오직 서로만이 서로에게 유일할 소중한 존재이기를

단지 우리 둘만으로 나의 세계가 완벽하기를 바랐다.

네가 채우지 못한 부분들을 나는 결핍이라 생각했고

이 결핍으로 인해 우리가 멀어질까 두려웠다.

서로의 모든 것을 채울 수는 없다는 걸

서로 이외에도 소중한 것들이 있을 수밖에 없다는 걸

깨닫기까지는 시간이 조금 걸렸다.

우리 사이에는 언제나 크고 작은 틈들이 있을 테지만

그게 우리 사이에 있는 틈들이라면

이제는 그 틈들도 소중하게 생각하고 싶다.

✦

머릿속으로는 불가능하다는 걸 빤히 알면서도
마음속 한편으로는 나도 모르게 바라고 있는 것들이 있다.
네가 나의 완벽한 짝이기를,
우리가 서로의 모든 욕구를 충족시켜줄 수 있기를,
우리 둘만으로도 서로의 세상이 완벽하기를 나는 바랐다.
그래서 너와 함께한 시간들은 나의 이런 허황된 바람들에
균열이 가며 깨지는 것을 지켜보는 일이기도 했다.
그러나 이 깨어진 것들과 그 균열과 틈들이
너와 나 사이에 있는 것들이라면 나는 그것들도 소중히 여기고 싶다.

며칠 전 본가에 갔는데 부모님이 싸웠다.

거의 30년 동안 다양한 형태로 변주된 하나의 레퍼토리.

독립해서 제일 좋은 건 이런 싸움이 '남의 집' 일이 된 거다.

부모님은 딱히 나쁜 엄마, 아빠는 아니다.

다만 서로 너무 좋아하고, 서로 너무 증오한다.

아주 어릴 때는 부모님이 싸우는 게 무서웠다.

좀 더 커서는 미치도록 화가 났다.

그리고 지금은… 연민이 들었다.

엄마, 아빠는 각자 부모님께 받은 상처를 안고 결혼했다.

상처받은 두 사람은 서로의 상처를 보듬어주지 못했다.

부모한테 못 냈던 화를 배우자에게 내고,
부모한테 못 받은 것들을 배우자에게 요구하며 살았던 것 같다.

그렇게 너무 긴 세월을 살아왔던 모습이 마음 아팠다.
상처받은 아이였던 사람들은 어느새 예순에 가까워졌다.

부모님에 대해서는 화가 나기도 하고, 안쓰럽기도 하다.

그리고… 나에 대해서는 대견스럽다.
어렸던 나에게 이렇게 말해주고 싶다.

나는 더 이상 부모님이 싸운다고 울며 잠들지 않는다.

나도 내 삶의 모습을 선택할 거다.

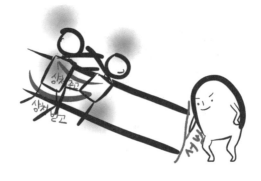

그건 엄마, 아빠가 알지 못하는 그런 삶이 될 거야.

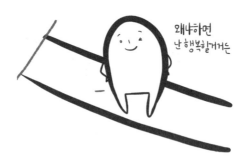

✛

나는 내가 경험해본 적 없고, 살아본 적 없는
낯선 행복을 선택하며 살아갈 거다.
엄마, 아빠도 앞으로 어떻게 살지 잘 선택했으면 좋겠다.
익숙한 불행을 반복할 것인지, 낯선 행복을 선택할 것인지.
개인적으로는 행복을 선택하기를 바란다.
아니어도 뭐, 어쩔 수 없겠지만.

며칠 전, 한 친구가 본인이 착한 게 맞는지 고민이라고 했다.

누구와도 잘 지내고 싶어서 남들을 배려하려고 노력하는데

때로 그게 가식 같기도 하고,
스스로 피곤할 때가 있다는 것이다.

그 말을 듣고, '세상에, 정말 피곤하겠구나' 싶었다.

나도 이왕이면 모두와 잘 지내고 싶고
아무도 나를 오해하거나 미워하지 않았으면 좋겠다.

그런데 누구와도 잘 지내는 게 정말로 가능한 일인가?

누구에게도 오해받거나 미움받지 않는 존재가 역사상 있었던가?

누구에게 얼마만큼의 미움을 받는 걸
감당할 수 있는지의 문제 같기도 하다.

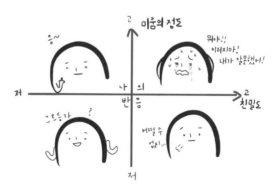

나는 좋아하는 사람들한테 미움받거나 오해받는 건 매우 싫어하지만

별로 안 친한 사람들이 그러는 건
화가 나더라도 크게 신경 쓰지 않으려 한다.

물론 어떤 경우에도 누군가 나를 나쁘게 보면
나의 작은 마음은 상당히 불편해진다.

게다가 그 모습이 나 스스로도 싫어하는 모습이면 더 불편하다.

뭐 그런데 (인정하기 힘들지만) 그런 모습도 내 안에 있는 게 사실이고,

내 안에 좋은 모습만 있는 것도 이상한 것 같고,

그런 모습을 좋아해주는 사람도 있으니까!

착하지 않아서 어쩌다 미움을 받더라도 괜찮지 않을까?

어쩌다 누가 미워하면

대신 내가 두 배로 더 좋아해줄게!

✦
세상 모든 미움과 오해를
쿨하게 넘길 자신은 없지만
어쩌다 받는 작은 미움과 오해들은
덜 힘들게 받아들이려 하고 있다.

어차피 누군가에게 사랑받는 어떤 모습 때문에
누군가에게 오해를 사기도 하고
미움받는 바로 그 모습 때문에
또 사랑받기도 하니까.

그러니 누가 너의 어떤 모습이 밉다고 한다면
나는 내가 왜 너의 그 모습을 좋아하는지 말해줄게.

#12

아무렇지

않은 날들로

자란다

그런 날이 있다.
하루종일 뭔가 한 것 같은데

뭐 했더라? 뭐 했지? 싶은 날.

그래도 기특하게 오늘 하루는 꼭꼭 씹어 보냈다.

잠깐 깜빡하면 어느새 습관처럼
해야 할 일들만 처리하며 시간을 보낸다.

그러면 일을 해도 해도 바쁜 기분이 든다.

이렇게 숨이 가빠지면 멈춰 서야 한다.

오늘은 남들이 보기에, 아니 스스로 보기에도
특별할 일 없는 평범한 하루였지만

사실 오늘 나는 좋은 점심을 먹었고

종종 내 마음을 살피려고 했고

창밖으로 짙어지는 녹음을 바라볼 줄도 알았다.

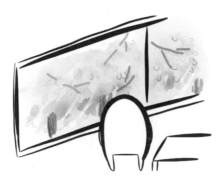

사실 오늘은 훗날 돌아봤을 때 기억도 안 날 그런 날이겠지.

별다른 성과도 특별함도 없는 그런 날.

하지만 나는 오늘같이 특별하지 않은
수많은 날들을 통해 자라났다.

숨차지 않게 조용히, 조금씩

창밖의 나무들처럼.

그러니 별것 안 했지만 잘한 날이라 해야지.

✛

대부분의 하루는 아무 일 없이 지나가버린다.
어떨 때는 별일 없는 일상이 좋기도 하면서
또 때로는 이대로 아무것도 남지 않으면 어쩌나 두려워질 때도 있다.

그럴 때면 특별하지 않았던 하루를 꼭꼭 씹어본다.
조용히
창밖의 나무들처럼
나는 아무렇지 않은 날들을 쌓아 올리며 자라왔다.
그러니 오늘도 잘한 날이다.
자란 날이다.

13

개미 중 가장

여유로운 개미

어제 저녁에는 오랜만에 산책을 했다.

머릿속에는 해야 할 일들이 가득 찬 채로.

대부분의 사람들이 그렇듯 나도 삶을 꽉 채워야 한다는 생각이 있다.

그래서 집에 돌아와서는 약간 어처구니가 없었다.

예전에는 '해야 하는 것들'로 삶을 가득 채웠다.

요새는 삶을 채우는 것들의 구성이, 혹은 구성만 바뀌었다.

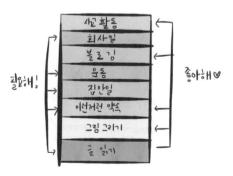

마치 개미가 베짱이처럼 살아보겠다고 했는데

개미 근성 못 버리고 몹시 성실한 베짱이가 된 기분이다.

하지만 사실 나는 오랫동안 이렇게 살고 싶었는걸.

지금 나는 해가 져도 놀이터에 남아 놀고 싶은 아이마냥 무리하고 싶다.

아, 그런데 육신이 따라주질 않네….

그래, 삶에 빈칸이 필요한 건 나도 안다.

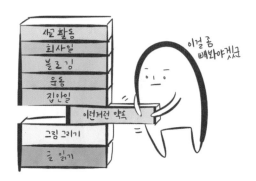

그런데 삶의 빈칸으로는 바람이 들어온다.

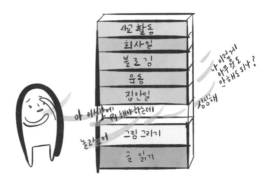

나는 그 바람이 싫은지도 모른다.

어쩔 수 없다. 나는 영영 진짜 베짱이는 못 될지도 모른다.

채우는 법만 배워서 빼는 법은 모르니까.

그래도 난 채우는 건 잘하니까 여백을 채울 수 있지 않을까?

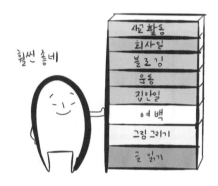

그래서 개미 중에 가장 여유로운 개미가 될 거야!

#14

나에게
....
묻고 싶어
....

있잖아, 우리는 어느 순간 알게 돼.

남들과 다르면 어떻게 되는지.

개쌍 마이웨이 하기에는

나는 외롭고 무서웠어. 인간은 사회적 동물이라잖아.

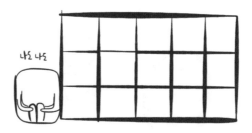

나의 어떤 면들이 남들을 불편하게 하는지
무수한 시행착오를 거치면서 조금씩 알게 돼.

그런 면들은 꾹꾹 숨기려 했어.

뭐 그게 얼마나 성공적이었는지 모르겠지만
아무튼 내 눈에라도 안 보이게

부인하고 싶었어, 없던 것처럼.

그래서 내가 부인하고 싶은 그 모습들을 내보이는 사람들이

미울 수밖에 없었다고 할게.

그런데 어느 순간 개쌍 마이웨이 해도
나를 좋아해줄 친구들이 많아져서

나를 덜 숨기게 돼. 나한테조차 말이야.

그런데 가끔 나를 만나는 순간들이 괴로워져.

미워했던 눈으로 나를 봐야 하니까.

그리고 사실은 미워하지 않았다는 걸 알아야 하니까.

나한테 묻고 싶어.

나는 나를 어떻게 바라보고 싶은지.

✚

그러니까 이제 누가 날 미워하더라도
나를 검열하고 싶지 않은 그런 마음이야.

남들한테 말고 나한테 묻고 싶어.
나를 어떻게 바라보고 있는지
어떻게 바라보고 싶은지.

#15

온실 속 화초?

온실 짓는 화초!

길 가다가 사원증을 목에 건 사람들을 본다.

그들은 나라면 못 참은 것들을 참아내고

그래서 내가 가질 수 없는 것들을 가졌다.

나는 내가 싫어하는 것들을 명백하게 안다.

그리고 그건 불편한 일이다.

너는 내가 어떤 면에서는 온실 속의 화초 같다고 했다.

나랑 성정이 비슷한, 예민하기 그지 없는 화초 같은 엄마는

결국 집 외에는 있을 곳이 없었다.

나는 나도 그렇게 될까 늘 두렵다.

나의 생존 기술은 무엇일까?

나라는 화초는 사회의 어디에 자리 잡을 수 있을까?

어딘가에 도착하면 그곳이 나의 자리라고 알 수 있을까?

나의 자리에 뿌리내려 꽃 피우고 싶다.

흘러내리는 모래알 같은 경험을 굳혀

나의 온실을 쌓아 올릴 거야.

시들거나, 갇히지 않도록.

✛

나라는 사람이 이 나이가 되도록
온실 속의 화초처럼 보이게끔 자랐다면
그것은 나의 어쩔 수 없는 선택이 만든 모습이었을 것이다.

온실 밖에서 시들거나
온실 안에 갇혀 있지 않도록
나만의 온실을 쌓아 올리는 화초가 될 거야.

#16

되고 싶어,
그 사람

결혼반지를 찾아왔다.

새 반지는 손에 익지 않아 어색하다.

결혼이라는 것만큼, 어색하다.

내가 책임져야 할 가족이 생긴다는 건 묘한 기분이다.

아프기라도 하면 제일 먼저 달려가야 하는 것도

혹여 빚을 지면 함께 갚아나가야 하는 것도

바로 내가 된다.

생의 20여 년을 모르고 살다가 만난 우리가

상호 동의로 서로의 남은 인생을 책임지기로 하는 것이다.

살다가 언젠가 네 삶의 무게가 오롯이 내게 실리게 될 때

너를 미워하지 않을 수 있을까?

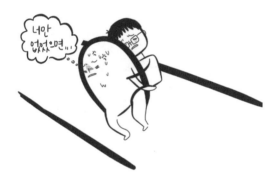

그 무게를 기꺼이 내 삶에 얹을 수 있을까?

내가 나 말고 또 다른 누군가의 인생을
부분적으로 책임질 준비가 되어 있나?

네 남은 인생의 모든 기쁨과 함께

모든 시련을 함께해야 할

그 단 한 사람.

그런 사람이 될 수 있을까?

되고 싶어!

✚

나는 내 한 몸 건사하기도 빠듯한 사람인데
누군가의 인생까지 조금 더 책임져야 한다는 걸 생각하면 오싹하다.

각자 부모님도 건강하고, 우리도 젊고, 돈도 그럭저럭 벌고,
아이도 없고, 어떤 문제도 없는 시기에 평생을 약속한다는 건,
평생에 걸친 수많은 인생의 지지부진한 문제들을
함께하겠다고 약속하는 건,
사기에 가까운 행위가 아닌가 싶기도 하다.

능력에 대해서만 말하자면
나는 솔직히 아직 나 이외의 누군가의 인생의 짐을
나눠 들 엄두가 나지 않는다.

그러나 나의 의지에 대해 말하자면,
나는 되고 싶다.
너와 함께하는 사람이.

엄마는 항상 내가 독립하기 전까지
배워야 할 게 많다고 강조했다.

그래서 '어른이 되는 것' '독립하는 것'에는
아주 많은 준비가 필요한 줄 알았다.

하지만 어쩌다 보니 별 준비 없이 독립하게 됐고,

결혼까지 해서 잘 살고 있다.

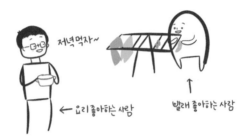

저녁먹자~

← 요리좋아하는 사람

빨래 좋아하는 사람

생각해보면 첫 퇴사할 때도 별 준비 없이 그만뒀다.

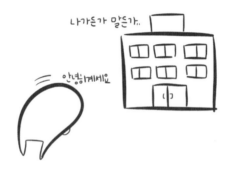

나가든가 말든가.

안녕히계세요

그런데 그런 것치고 또 잘 살고 있다.

늴리리야~

만약 내가 모든 게 준비되어야만 나갈 수 있다고 생각했다면

아마도 나는 시작할 수 없었을 거다.

완벽히 나는 법을 숙지하고 둥지를 떠나는 새가 있을까?

떨어지는 그 순간부터

나는 법을 배우는 게 아닐까.

결국 닥치면 다 하게 된다.

모르는 것들은 그때그때 배우면 된다.

실수는 시정해가면 된다.

예상했던 것과 다른 방향으로 흘러갈 때도 있지만

꼭 계획대로 흘러가야 좋은 것도 아니니까.

닥치고 보자, 내 인생!

나는 칭찬에 인색했다.

별것 아닌 걸로 칭찬받는 사람을 보면 배가 아팠다.

왜냐하면… 나는 그런 걸로는 칭찬을 못 받았으니까.

나는 칭찬받을 사람이 아니라 당연한 일들을 겨우 하는 사람이었다.

그래서 네가 하는 말들을 처음엔 믿지 않았다.

그런데 너는 나의 작은 장점들을 놓치지 않고 알아봐주었다.

예쁘다고, 대단하다고, 특별하다고

지치지 않고 반복적으로 말해주는 사람이 곁에 있다는 건

놀라운 일이었다.

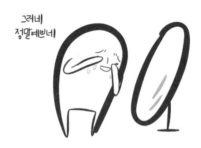

신기하게도, 내가 예쁜 걸 아니까 남들 예쁜 게 보였고

내가 특별한 걸 아니까 남들 특별한 게 보였다.

그래, 남들 눈에는 별것 아닐 수 있지만

사실 저마다 조금 더 특별하고 대단한 구석이 있는 걸 알아.

그러니까 우리는 지금보다
더 칭찬받고 살아도 괜찮을 것 같아.

✚

예전에는 칭찬받는 사람들을 보면
마음이 불편하고 인정하고 싶지 않았다.
'흥! 뭐야~ 사실 그렇게 대단한 것도 아니잖아'라고 생각하며
습관적으로 책잡을 것들을 찾았다.

아마 충분히 인정받고 칭찬받지 못했던 것이
마음 한편에 오랫동안 꽁해져 있었는지도 모르겠다.

너와 만나며 끊임없이 반복적으로 퍼붓는
칭찬을 받고 나서야
나에게 멋진 점들이 많다는 걸 수없이 확인받고 나서야
비로소 나는 다른 사람들을 칭찬할 수 있는 사람이 되었다.

어릴 때는 내가 어린 게 너무 부끄럽게 느껴졌다.

누군가 나에게 철이 없다고 하면 따귀 맞은 듯 화끈거렸다.

크고 나서는 내가 어렸다는 것 자체가 싫었다.

그래서 나는 내 안의 어린아이를 항상 숨기고 싶었다.

내 안의 아이는 불안해하며 쉽게 매달리고

힘이 없고

쉽게 상처받았다.

내 안에 내면아이라는 것이 있다면,
나는 그 아이가 어서 크기를 바랐다.

무럭무럭 자라서 사라져버리기를 원했다.

그러나 그 아이는 크지도, 사라지지도 않았다.

그런데 너는 나를 사랑하며 내 안의 그 아이까지 다 사랑했다.

그제야 나는 조금씩 그 아이의 존재를 인정할 수 있었다.

그 아이는 잘 매달렸지만, 충분히 사랑스러웠고

힘은 없었지만, 두려움도 없었고

쉽게 상처받았지만, 금세 다시 웃을 줄 알았다.

마침내 나는 처음으로 그 아이를 좋아하게 되었다.

그것은 나의 전 생애와 화해하는 일이었고

어린 나를 부끄러워한 시간을 용서받는 일이었다.

내 안에 언제나 함께했고

영원히 내 안에 함께할 그 아이를
이제서야 좋아하게 됐다. 너무 늦지는 않았겠지.

#20

결론이 없는
....
이야기
....

대부분의 책은 결론이 있다.

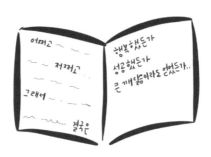

그러나 나의 이야기는 어떤 결론도 없이 갑자기 끝난다.

왜냐하면 나는 아직 이 방황의 결론을 맺지 못했으니까.

어쩌면 지금의 방황이 언젠가 끝난다 해도

그게 또 다른 방황의 시작이 될지도 모르겠다는 예감도 든다.

그래서 나는 언제나 막다른 골목에 서 있는 것 같지만

후회스럽지는 않다.

나는 멈춰 있지 않기 때문이다.

당신이 이 이야기를 읽고 있는 와중에도

나는 어디선가 나의 최선을 고민하고 있고

매일의 발자취를 남기며 나아가려 하고 있을 것이다.

어디로 가고 있는지 몰라 때로 불안하고

그래서 잠 못 드는 밤이 있기는 하지만

어찌 되었건 포기하지 않고 있다.

불안해하는 것도 지쳤다
지겨워 ...

이 사실이 작은 용기가 되기를 바란다.

오늘 밤 편히 잠들 수 있기를

서늘한여름밤의 묻고 답하기

묻다

지금의 직장을 그만둘 수 있을까요?

하고 싶은 대로 시원하고 싸우며 살고 싶은데…

인생 두 번 사는 거 아닌데… 무섭습니다.

답하다

이게 진짜 힘든 문제인 거 같아요.

그런데 어느 순간 '지금이 한계다'라는 느낌이 드실 거예요.

그러면 그때는 아무것도 다른 게 보이지 않고

미련 없이 결정하실 것 같아요.

잘못된 음식 먹고 토할 때

'아, 이거 비싼 음식인데… 이거 토하면 나중에 배고플 텐데…'

이런 생각 없이 그냥 토해버리잖아요.

저는 그랬어요. 그래서 그만둘 수 있었어요.

우웨액! 이건 아냐!!

묻다

남들이 칭찬받는 것도 괜찮고 스스로도 남 칭찬 잘하는데요,

누군가 날 칭찬하면 얼굴이 화끈화끈 하면서 빈말일 거라 생각하고

'고맙습니다'라고도 반응을 못해요. 이 마음은 뭘까요?

답하다

칭찬받는 것에 익숙하지 않아서 그런 건 아닐까요?

얼굴이 너무 건조할 때 보습제를 바르면 따끔거리는 것처럼 말이에요.

남이 나에게 칭찬을 줘도 내가 받지 못하면

그건 칭찬받는 게 아닌 것 같아요.

누군가 나에게 칭찬을 줄 때 "그래! 맞아!" 하며 받아들이고,

칭찬을 자주 받아봐야 익숙해지는 것 아닐까요?

역시 알아봐주실 줄 알았어요~

묻다

말할 때 나의 진심이

다른 의도로 전해지지 않을까 하는 불안감이 들 때가 있더라고요.

그래서 더 조심스러워지는 것 같아요.

답하다

누군가 제 블로그 댓글에 남겨주신 말 중에서 기억에 남는 게 있어요.
"제가 이렇게 생각하는 게 오해일 수 있지만,
모든 이해는 결국 오해를 거듭하다 생기는 것 같다"
이런 요지의 글이었어요.
저도 오해가 생길까 봐 그냥 아무 말 안 하는 경우가 많은데
그렇게 아무 말 없이 나 혼자 앓으니
조금의 오해를 감수하는 용기를 내보려고요.
하지만 그건 너무나 떨리는 일이었네요!

묻다

연애할 때 저는 '가까이 오지 마!'의 성향인

회피애착형 사람이에요.

어떻게 해야 상대방이 오해하지 않을까요.

답하다

다가오려는 사람들한테 설명해주시면 좋을 것 같아요.
나는 네가 싫은 게 아니라
누군가 다가올 때 이러이러한 마음이 든다고요.
그럼 서로 덜 상처받고 덜 오해하지 않을까요?
제 경험에 비추어봤을 때
저는 회피애착의 상태가 어떤 마음인지 솔직히 얘기해주고
저를 이해시켜줬더라면 더 좋지 않았을까 싶더라고요.

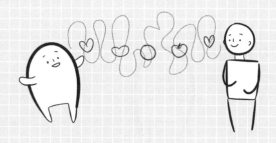

묻다

스스로를 지키려고 해도

이미 상처를 받은 경우는

어떻게 해야 할까요?

답하다

의도치 않게 받은 상처가 있다면
그걸 어떻게 잘 아물게 하느냐가 중요한 것 같아요.
처음엔 작은 상처였는데, 더 큰 상처를 내서
그 전 상처가 아무것도 아닌 것처럼,
'다 나았나?' 하고 착각하게 만드는 식의 잔인한 처방 말고요.

묻다

화가 나도 그 순간 자각하지 못하고 지나가거나 참은 적이 많아요.

나중에서야 그때 내 감정을 깨닫고 표현하고 싶어지지만

이미 때를 놓친 것 같아서 혼자 끙끙거리기 일쑤입니다.

그럴 땐 갈등을 회피했던 스스로가 싫어져요.

답하다

누가 그러는데 '때'를 놓치는 건 없다고 하더라고요.

본인 생각과 감정이 충분히 정리되고 말할 수 있을 때가 바로 그 '때'래요.

그래서 저는 시간이 지났어도 그냥 말하려고 해요.

그리고 갈등을 회피하는 것도 하나의 선택이라고 생각해요.

저 역시 회피하는 걸 선택할 때도 있고요!

다만, 제가 경계하는 사람은 갈등을 회피하는 것이

본인 선택임을 인지하지 못하고 '갈등을 피하는 게 옳다'

'갈등을 만드는 건 잘못된 것이다'라고 생각하는 사람들이에요.

보통 그런 사람들은 남에게도 자신이 생각하는 '옳은 것'을 강요하더라고요.

그런 경우를 조심하면 회피도 선택할 수 있는

갈등 해결 방법 중 하나인 것 같아요.

왜 이제와서 그래
다 지난일인데
ㅋ

내 마음 얘기할
적절할 때는 내가결정해

그리고 내 안에서는
지난일 아니야

같이 헤매고 있는
나로부터

나는 늘 일기를 쓰는 사람이었다. 누군가 붙잡고 이야기하기에는 멋쩍은 이야기들, 이해받을 수 있을지 확신이 안 서는 감정들, 마음에 담아두기에는 버거운 눈물들을 일기에 쏟아냈다. 물론 일기를 쓴다고 감정과 상처가 사라지는 건 아니었지만, 적어도 마음 한 구석에 잘 개켜둔 것 같은 느낌이 들어 좋았다.

일기를 글이 아닌 그림으로 그리기 시작한 건 계획에 없던 첫 퇴사를 하고 난 다음이었다. 나는 성실하고 노력하는 인간이었고, 노력하는 인간에게 보상이 올 거라 의심 없이 믿으며 살았다. 욕구보다는 목표를 추구하며 살았다. 불안에 떠밀려 정한 그 목표에 도달하면 마침내 불안이 없어질 것 같았다. 그런데 그 노력 끝에 내가 마주한 것은 도저히 적응할 수 없는 조직문화와 내가 정말 이 길을 원했던 게 맞는가에 대한 회의감이었다. 그래서 첫 직장에서 100일도 버티지 못하고 도망치듯 뛰쳐나왔다.

노력해온 시간이 억울하고 화가 났다. 이제는 내가 뭘 해야 하는지가 아니라 내가 뭘 원하는지를 알고 싶었다. 잘하는 게 아니라 좋아하는 일을 하고 싶었다. 아무 목표가 없는 쓸 데 없는 일

345

들을 하고 싶었다. 그래서 못 그리는 그림으로 나의 마음을 그려 봤다. 그렇게 시작되었던 이야기들이다.

안타깝게도 혹은 당연하게도, 그 일기들이 쌓여 하나의 책으로 엮이는 동안에도 나는 아직 이렇다 할 무언가를 찾지 못했다. 좋아하는 것들은 조금씩 찾았지만, 그걸 내가 잘할 수 있을지 전혀 확신이 없어서 가슴이 오그라드는 느낌이 들 때도 있다. 그리고 이 책에 담긴 나의 이야기들이 어떻게 받아들여질지, 과연 많은 사람들이 읽어줄지 잘 팔리긴 할지 전혀 모르겠다. 익숙한 곳을 떠난 그 순간부터 나는 매일 앞이 보이지 않는 곳을 향해 더듬거리고 있다.

여기 담긴 나의 이야기들은 그 더듬거린 흔적들이다. 때로는 울기 위해, 때로는 화내기 위해, 그리고 대부분은 나를 위로하고 응원하기 위해 그렸던 이야기들이다. 나는 이 이야기를 당신과 나누고 싶다. 그래서 내가 울었던 이야기가 위로가 되기를 바란다. 내가 넘어진 자리는 피해갈 수 있기를 바란다. 세상에 홀로 남겨진 것 같은 적막한 밤, 문득 이 이야기가 떠올라 조금이나마 덜 외로워지기를 바란다.

　마지막으로 이 이야기들이 한 권의 책으로 나오기까지 나를 믿고 응원해준 분들께 감사드리고 싶다. 나를 찾아내주신 편집자님, 존경하는 고선규 선생님, 내가 정말 많이 의지하는 동기들 한나 언니, 해원 언니, 지인이, 재철이, 성근 오빠, 민순 오빠, 친구 현정이, 주현이, 온라인과 오프라인에서 나를 키워준 민경이, 가족이나 다름없는 친구이자 나의 든든한 법률자문 은영이, 나에게 끊임없는 소재를 제공해주고 언론의 자유를 보장해준 사랑하는 엄마, 아빠, 내 인생에 큰 용기를 준 사랑하는 동생 다진이, 나의 책을 누구보다 기다린 나의 열렬한 팬이자 사랑하는 남편 지영재에게 진심으로 감사한 마음을 전한다.

　그리고 나의 이야기를 들어주고 때로 함께 울어주고 공감해주고 따뜻한 말을 건네준 얼굴 모를 당신에게 가장 큰 감사의 인사를 드리며 이 책을 바친다.

2017년 5월

서늘한여름밤

서툴면 서툰 대로
아프면 아픈 대로
지금 내 마음대로
어차피 내 마음입니다

초판 1쇄 발행 2017년 5월 30일 **초판 11쇄 발행** 2023년 8월 7일

지은이 서늘한여름밤
펴낸이 이승현

출판1 본부장 한수미
라이프 팀장 한수미

펴낸곳 ㈜위즈덤하우스 **출판등록** 2000년 5월 23일 제13-1071호
주소 서울특별시 마포구 양화로 19 합정오피스빌딩 17층
전화 02) 2179-5600 **홈페이지** www.wisdomhouse.co.kr

ⓒ 서늘한여름밤, 2017

ISBN 978-89-5913-512-7 03810

＊ 이 책의 전부 또는 일부 내용을 재사용하려면 반드시 사전에 저작권자와
㈜위즈덤하우스의 동의를 받아야 합니다.
＊ 인쇄·제작 및 유통상의 파본 도서는 구입하신 서점에서 바꿔드립니다.
＊ 책값은 뒤표지에 있습니다.